À Olivier et à tous
mes chers disparus.

300 NOUVELLES HISTOIRES DRÔLES

QUI FONT VRAIMENT RIRE !

Du même auteur :
Les 500 histoires drôles qui font vraiment rire, 2016.
Les nouvelles histoires drôles qui font vraiment rire, 2020.

Les droits d'auteur de cet ouvrage sont intégralement versés à des fondations.

Vous aimez l'humour ? Inscrivez-vous à notre newsletter pour suivre en avant-première toutes nos actualités :
www.cherche-midi.com

Conception graphique : César Drouin

92, avenue de France
75013 Paris

serviceclients@lisez.com

Dépôt légal : novembre 2024
ISBN : 978-2-7491-8165-3

Achevé d'imprimer en octobre 2024
par Egedsa en Espagne
08205 - Sabadell (Barcelone)
Dépôt légal : Novembre 2024
N° d'édition : M18165/01

Alain Bouteiller

300 NOUVELLES HISTOIRES DRÔLES

QUI FONT VRAIMENT RIRE !

Préface de Philippe Chevallier

le cherche midi

Les blagues, c'est sérieux

Tous les gens qui ont un « vrai métier » ont un violon d'Ingres. Chez les médecins, par exemple, c'est très fréquent : la peinture, la bibliophilie, la chasse ou le piano ; rarement le violon ! Einstein aimait passionnément jouer du violon mais en amateur seulement : son métier, le vrai, celui qui le faisait vivre, vous le connaissez tous.

Eh bien ! pour notre ami Alain Bouteiller, qui pour notre plus grand plaisir a réuni dans ce livre une multitude d'histoires drôles, la passion qui l'anime en dehors de l'exercice de son métier qu'il fait avec sérieux et succès sans jamais se prendre au sérieux (il est entrepreneur et homme d'affaires !), cette passion, c'est le Rire ! Un rire généreux : Alain Bouteiller a, toute sa vie, œuvré pour la recherche médicale, et comme il a longtemps travaillé dans le secteur de la grande distribution, d'aucuns laissent entendre qu'il serait l'auteur de cette célèbre maxime : **« Un rire par jour équivaut à un bon bifteck ! »**

Rire, oui, mais surtout aimer faire rire ! D'où ce goût pour les fameuses « histoires drôles ». Ces blagues qui se transmettent de génération en génération, de rivages en rivages, qui se traduisent, se transforment, se modifient en s'adaptant aux modes et aux mœurs.

La fameuse blague de Tonton Francis au mariage de la petite Janine, qu'il raconte en faisant rougir la jeune promise, en même temps qu'il fait s'étouffer sous son col de chemise un peu serré l'ami rigolard du père de la mariée dans un fou rire apoplectique ! Oui, l'histoire égrillarde est – Dieu merci ! – toujours d'actualité, même dans un monde où l'auto(censure) prend le pas sur notre conduite, ce qui est normal pour une auto…

Il y a aussi l'histoire absurde où la chute est toujours incertaine et laisse parfois pantois un auditoire médusé par sa propre incompréhension, mais réjouit dans son for intérieur le subtil narrateur qui goûte égoïstement le plaisir élitiste de ne pas plaire à tout le monde. Car c'est ça l'histoire drôle, et ce qui fait son universalisme : il y en a pour tous les goûts !

Mais l'histoire drôle prend toute sa signification quand elle est bien racontée. Et là, c'est tout un art. Un art souvent décrié, ramené à un exercice facile et vulgaire alors qu'il s'agit d'un véritable don qui, cultivé et travaillé, peut aboutir au sublime ! L'artiste en histoires drôles a d'abord une mémoire phénoménale qu'il a entretenue en se répétant à lui-même le déroulé de la narration pour ne pas, à l'instar du néophyte balbutiant, dire la chute avant l'énoncé. Il y a donc chez le raconteur une préparation mentale importante : il ne faut pas que l'étourderie ou la négligence aille gâcher ce qui pourrait être un chef-d'œuvre ! Comme un comédien de la Comédie-Française, le conteur doit savoir son texte sur le bout des doigts. Apprivoiser l'histoire, bien la connaître pour, éventuellement, en rajouter un peu, mais pas trop, juste une pincée de sel pour donner du goût… Mais sans rallonger la sauce. Chaque mot doit être indispensable à la compréhension mais sans alourdir le propos. La blague qui s'éternise ne fera pas rire… On doit pouvoir en redemander.

C'est pourquoi le livre d'Alain Bouteiller est précieux : les histoires drôles y sont écrites avec talent, justesse et sans fioritures… Pour celles et ceux qui veulent amuser leurs amis, un conseil : apprenez-les par cœur, telles qu'elles sont dans le livre, mettez-les-vous en bouche, mâchez-les, intégrez-les bien et… vous ferez un tabac !

Philippe Chevallier

Avant-propos d'humeur du recueilleur

En octobre 2020, mon deuxième recueil d'histoires drôles arrivait dans les rayons de toutes les librairies. Quelques mois avant, le premier sinistre du moment ordonnait la fermeture jusqu'à nouvel ordre de tous les lieux recevant du public, non indispensables à la vie du pays.
Nous nous sommes donc tous retrouvés chez nous, confinés, sans pouvoir acheter de livres, pourtant essentiels pour passer le temps bien long de cette période tourmentée.

Il m'est revenu en mémoire cette réponse que m'avait faite mon ami Jean Amadou, alors que je le questionnais sur la difficulté d'écrire quotidiennement les sketches de l'époque du « Bébête Show ». « Tu sais, me répondit-t-il, lorsqu'on a la chance de vivre dans un pays où les gouvernements, quels qu'ils soient, nous font le cadeau de dire ou de faire autant de conneries quotidiennement, nous n'avons plus qu'à ouvrir le journal et valoriser leurs géniales saillies. »

Une blague de cette époque nous avait fait beaucoup rire :
Un sondage démontre que 6 Français sur 10 ne font pas confiance au gouvernement pour régler le problème du Covid et les 4 autres sont en réanimation.

Comme l'a dit, si justement, Beaumarchais :
« Je me presse de rire de tout, de peur d'être obligé d'en pleurer. »

Ce troisième recueil, je l'ai voulu encore plus sélectif pour davantage d'efficacité, n'étant pas payé à la page, et d'ailleurs pas payé du tout puisque les droits d'auteur sont directement versés à des fondations.
Chacune de ces blagues a été testée par mon entourage, par ma chère épouse, Nicole, par mes

collaboratrices et teurs du Théâtre André-Malraux de Rueil-Malmaison, que j'ai l'honneur et surtout le plaisir de présider depuis de nombreuses années, mais également par mes proches collaboratrices Joëlle et Aurélie dont c'est une partie des prérogatives. Il y a des boulots plus tristes, j'ai d'ailleurs une pensée émue pour les désanusseurs de porc.
De nombreux amis font également partie de mon comité de sélection.

Enfin, je confirme que l'humour et la dérision sont salutaires pour traverser des épreuves au niveau tant personnel que collectif.

Romain Gary n'a-t-il pas dit :
« L'humour est une déclaration de dignité, une affirmation de la supériorité de l'homme sur ce qui lui arrive » ?

Conclusion, restez digne en usant sans modération de ce livre, qui n'a d'autres prétentions que celle de vous donner le sourire alors que rien d'autre ne le justifie, les éclats de rire étant inoffensifs.

Alain Bouteiller

– Dis maman, au départ, tu voulais un garçon ou une fille ?

– Moi, au départ, je voulais juste lacer mes chaussures...

C'est un vieux qui se présente dans un cabinet médical. La secrétaire lui demande la raison de ce rendez-vous.

– J'ai un problème au pénis.

– Mais monsieur, il ne faut pas dire cela dans une salle d'attente bondée !

– Pourquoi pas ? Vous me demandez devant tout le monde ce qui ne va pas, je vous réponds !

– Vous auriez pu dire que vous avez un problème à l'oreille, et puis expliquer en privé aux médecins de quoi il s'agit réellement. Cela aurait été moins gênant !

– Si la réponse peut embarrasser certaines personnes, il ne faut pas me poser la question dans une salle bondée !

Le vieux part furieux et revient quinze minutes plus tard.

– Bonjour, que puis-je pour vous ?

– J'ai un problème à l'oreille.

– Quel genre de problème monsieur ?

– Je n'arrive plus à pisser avec !

La vie de couple, c'est simple, c'est tout faire à deux !

Elle décide, tu acceptes.

Elle parle, tu écoutes.

Elle se trompe, tu t'excuses...

Avoir
un gros nez
n'empêche pas de
mettre un masque.
Moi, je mets bien
un slip...

Les moulins, c'était mieux à vent ?

Quand on voit beaucoup de glands à la télé, faut-il changer de chêne ?

Si le ski alpin… Qui a le beurre et la confiture ?

Je m'acier ou je métal ? Que fer ?

Un prêtre qui déménage a-t-il le droit d'utiliser un diable ?

Est-ce que personne ne trouve étrange qu'aujourd'hui des ordinateurs demandent à des humains de prouver qu'ils ne sont pas des robots ?

Est-ce qu'à force de rater son bus on peut devenir ceinture noire de car raté ?

Est-ce qu'un psychopathe peut être embauché comme psychologue chez Lustucru ?

Si Gibraltar est un détroit, qui sont les deux autres ?

Lorsqu'un homme vient d'être embauché aux pompes funèbres, va-t-il d'abord faire une période décès ?

Je n'ai jamais compris pourquoi le 31 mai est la Journée sans tabac, alors que le lendemain c'est le 1er joint ?

Lui : Mon amour, j'ai un problème...

Elle : Si tu as un problème c'est le nôtre, tu dois dire « nous ».

Lui : OK, nous avons mis ma secrétaire enceinte !

À sa mort, Kim Jong-un se retrouve en enfer, où Satan l'attend avec impatience.

Satan :

– Je ne sais pas ce que je vais faire de toi, tu es bien sur mes listes mais je n'ai plus de place de libre... Pourtant, il est évident que ta place est ici. J'ai là des Américains qui ne sont pas aussi méchants que toi, je vais en envoyer un au paradis et tu prendras sa place... Et même que tu pourras décider toi-même qui tu vas remplacer !

Kim Jong-un se déclare satisfait et Satan ouvre la porte. À l'intérieur d'une pièce, il y a Richard Nixon dans une piscine qui nage sans arrêt. Dès qu'il s'approche du bord, celui-ci recule. Nixon doit continuer à nager, nager encore et encore...

– Non, dit Kim Jong-un je suis mauvais nageur, je ne pense pas que je pourrais faire ça à longueur de journée.

Satan emmène Kim Jong-un dans une autre pièce, dans laquelle George Bush casse un tas immense de cailloux avec une énorme masse.

– Non, dit Kim Jong-un, j'ai d'énormes problèmes de dos et ce serait une agonie perpétuelle si je devais casser des cailloux à longueur de journée.

Satan arrive dans une troisième pièce, dans laquelle Bill Clinton est allongé sur un lit, les mains et les pieds attachés aux barreaux.

Penchée au-dessus de lui, Monica Lewinsky lui taille une pipe d'enfer. (Forcément !)

Kim Jong-un regarde cette scène incroyable, puis se tourne vers Satan et lui dit :

– Je prends cette place-là !

Satan répond :

– C'est bien.

Puis il lance :

– Monica, vous pouvez sortir, vous avez un remplaçant !

Un fils demande à son papa :

– Papa, maman a quoi sous sa jupe ?

– Le paradis, mon fils.

– Et toi, tu as quoi dans ton pantalon ?

– Moi, j'ai la clé du paradis, mon fils.

– Alors change vite la clé papa, le voisin a le double !

Pour celles qui pensent être trop vieilles pour plaire, rassurez-vous, **la tour Eiffel** a 133 ans et on la grimpe toujours.

Je crois que j'ai manqué à mes vêtements d'été.

Quand je les ai mis, ils m'ont serré si fort...

Deux Belges vont chercher du carburant dans une station-service à la frontière, près de Valenciennes.

La station est éloignée mais ils font le déplacement car ils veulent participer au concours organisé par le gérant de la station. La récompense : « Une heure de sexe gratuite ! »

Ils font donc le plein et demandent au gérant s'ils peuvent participer au concours.

– OK, dit le gérant, si vous gagnez vous avez droit à une heure de sexe gratuite offerte par la maison.

– Et comment on joue ? demandent les Belges.

– C'est simple, répond le gérant, je vais penser à un chiffre entre 1 et 10. Si vous devinez ce chiffre, vous gagnez votre heure de sexe gratuite.

– Je dis 7, répond le premier Belge.

– Désolé, c'était le 8, dit le gérant.

La semaine suivante, ils reparticipent au concours.

– OK, dit le gérant, je vais penser à un chiffre entre 1 et 10.

– Je dis 5, répond le Belge.

– Désolé, c'était le 7, dit le gérant.

Sur le chemin du retour, un des Belges déclare :

– Je suis sûr que ce concours est truqué.

– Je ne pense pas, répond l'autre, car ma femme a gagné deux fois la semaine dernière !!!

20 % des femmes ne portent pas de culotte… d'après les marchands de chaussures.

Un million d'ados veulent nettoyer la Terre.

Un million de parents aimeraient qu'ils commencent par leur chambre...

Une dame ultra-chic, très BCBG, arrive en Porsche Cayenne en urgence chez son médecin de Neuilly. Elle passe devant tout le monde en hurlant :

– Hubert, Hubert, il faut que vous me receviez immédiatement !

Le médecin, tout aussi BCBG, s'excuse auprès de ses autres patients et fait entrer son amie dans son cabinet :

– Mais, ma chère Marie-Caroline, que vous arrive-t-il donc pour que vous hurliez ainsi ?

– Ah ! Hubert, je me suis fait piquer par une guêpe !

– Bon, je vais voir cela. Où avez-vous été piquée ?

– Ah non ! Hubert, je vous en supplie, ne me demandez pas cela. Si je vous le dis, je serai la risée de tout Neuilly. Je ne peux absolument pas vous désigner l'endroit où j'ai été piquée. Demandez-moi n'importe quoi mais pas cela.

– Mais Marie-Caroline, je suis médecin, je suis tenu par le secret professionnel. Et de plus, ma chère, nous sommes amis. Un peu de courage, chère amie, racontez-moi où cette méchante guêpe vous a piquée !

– Bon d'accord, Hubert, mais vous me promettez de ne rien dire à personne ? Même pas à votre femme ? Parce que je ne veux pas devenir la honte de Neuilly et l'objet de moqueries de mes amis !

– Promis, juré ! Allez-y, dites-moi.

Et la brave Marie-Caroline se penche vers l'oreille du médecin et lui dit tout bas :

– Au rayon fruits et légumes chez Lidl !!!

C'est trois mecs qui veulent envahir une cité habitée uniquement par des femmes.

– Si on sait s'y prendre, elles sont toutes à nous, dit le premier.

Ils avancent pas à pas dans l'obscurité et se retrouvent naturellement prisonniers des filles qui gardaient l'entrée de la cité.

La reine les fait mettre à poil et leur annonce qu'ils vont être punis par où ils voulaient les souiller.

– Le châtiment sera en rapport avec le métier que vous exercez. Par exemple, toi, dit-elle au premier, quel est ton métier ?

– Bûcheron, Majesté.

– Parfait, on va te la couper à la hache !

– Et toi, demande-t-elle au second ?

– Moi ? Forgeron, Majesté.

– Très bien ! On te la brûlera au fer rouge !

– Et toi, dit-elle au troisième ?

– Marchand de sucettes, Majesté, marchand de sucettes !!!

Saviez-
vous que
la fille de
Guillaume Tell
s'appelait
Taglia ?

Elle : Docteur, j'aimerais commencer par enlever mes poignées d'amour.

Le médecin : Et si on commençait par enlever les poignées de votre frigo...

On n'a pas voulu reculer l'âge de la retraite, avec le Covid les Chinois nous ont avancé l'âge de la mort.

TÉLÉTRAVAIL À LA POSTE CORSE : LES FACTEURS OUVRENT LES ENVELOPPES ET APPELLENT LES DESTINATAIRES POUR LEUR LIRE LE COURRIER !

Un type à sa copine blonde :

– Au lit tu préfères être au-dessus ou en dessous ?

– Pourquoi ? Tu as des lits superposés ?

LE MATÉRIALISME, C'EST ACHETER DES CHOSES DONT NOUS N'AVONS PAS BESOIN AVEC DE L'ARGENT QUE NOUS N'AVONS PAS, POUR IMPRESSIONNER DES GENS QUI N'EN ONT RIEN À FOUTRE.

Un gendarme à une automobiliste blonde :

– Bonjour madame… Gendarmerie mobile.

– Et vous proposez quoi comme forfait ?

– Maman, je suis enceinte !

– Mais ma fille, où avais-tu la tête ?

– Dans le pare-brise !

Quand on est mort, on ne sait pas qu'on est mort, c'est pour les autres que c'est difficile...

Quand on est con, c'est pareil !

Un type dit à son pote :

– Juste avant de mourir, je vais avaler un sac de grains de maïs ! C'est pour mettre de l'ambiance au crématorium...

Le fait que la méduse ait survécu plus de 650 millions d'années alors qu'elle n'a pas de cerveau est une bonne nouvelle pour les cons.

Une femme à son médecin :

– Docteur j'ai un très gros problème.

– Je vous écoute, madame.

– Mon quatrième mari vient de mourir du tétanos ! Comme les trois précédents ! Que me conseillez-vous ?

– Changez de stérilet !

Le jour où tu vas comprendre pourquoi on fait la pizza en cercle, qu'on la met dans un carton carré et qu'on la mange en triangle… tu comprendras la femme !

C'EST MME SARFATI QUI DIT À MME COHEN :

– ET VOTRE FILS, COMMENT ÇA VA ?

– BAH, J'AI UNE BONNE ET UNE MAUVAISE NOUVELLE ! LA MAUVAISE NOUVELLE, C'EST QU'IL EST HOMOSEXUEL. MAIS LA BONNE NOUVELLE, C'EST QU'IL SORT AVEC UN DOCTEUR !

Un Auvergnat rencontre une fille superbe avec des seins magnifiques dans la rue.

Il s'approche d'elle et lui dit :

– Est-ce que pour 1 000 € vous accepteriez que je vous morde les seins ?

La femme, outrée, le rejette et continue sa route.

L'Auvergnat fait le tour du pâté de maisons de façon à retomber sur elle et lui redemande :

– Est-ce que vous accepteriez, pour 10 000 €, de vous faire mordre les seins ?

Il s'arrange pour la rencontrer une troisième fois.

– Et pour 100 000 €, est-ce que vous acceptez que je vous morde les seins ?

La femme réfléchit puis accepte, compte tenu de l'importance de la somme.

Il l'emmène à l'abri des regards et elle enlève ses vêtements et son soutien-gorge.

L'Auvergnat n'en revient pas, il n'a jamais vu d'aussi beaux seins. Il commence à les toucher, les embrasser, les malaxer, met la tête dedans...

Au bout d'un quart d'heure, la femme lui demande :

– Mais... vous ne les mordez pas ?

L'Auvergnat répond :

– Ah non ! c'est beaucoup trop cher !

La semaine dernière, Pépé est allé au Salon de l'agriculture. Il a trouvé une machine qui peut faire la moitié de son travail.

Du coup, il en a acheté deux.

Pépé est toujours aussi radin. Quand il regarde la messe à la télévision, au moment de la quête, il éteint le poste !

À 98 ans, sexuellement, Pépé est toujours prêt, il ne sait plus pour quoi, mais il est prêt !

Dimanche dernier, Pépé a fait une course à pied réservée au troisième âge : il a couru le 100 mètres en neuf secondes.

Quand je lui ai demandé comment il avait fait, il m'a dit :

– Au départ, quand il y a eu le coup de feu, j'ai laissé tomber mon mégot dans mon short…

Pépé m'a dit :

– Ce matin, quand j'ai voulu boutonner ma chemise, un bouton m'est resté dans les mains…

Quand j'ai voulu mettre mes chaussures, le lacet m'est resté dans les mains…

Et là, j'ai pensé qu'il valait mieux que je n'aille pas pisser !

Comme dit Mémé :

– Pépé, il est con comme la lune, mais avec lui, il n'y a jamais d'éclipse !

Avec l'âge, Pépé ne voit plus rien.

Hier, sur la plage, il a trouvé un préservatif. Il l'a regardé pendant au moins une heure !

Il m'a dit :

– Je ne pensais pas que cela pouvait exister.

– Dis donc Pépé, toi aussi quand tu étais jeune, t'as fait l'amour sur la plage !

– Oui, mais jamais au point de m'arracher la peau…

Un patient va en consultation chez son médecin habituel, pour un mal de dos.

Et là, il découvre une jeune remplaçante !

– Déshabillez-vous, ordonne la jeune médecin.

Le patient est un peu embarrassé... Voyant sa surprise et sa confusion, la doctoresse dit :

– N'ayez crainte, je suis très professionnelle. Dites-moi seulement ce qui ne va pas et je vais le vérifier.

– Eh bien, voilà : ma femme pense que mon pénis a un drôle de goût...

Moshé veut se marier avec Sarah, la fille du rabbin Jacob. Pour ce faire, il a besoin de l'autorisation du père.

Lorsqu'il va faire sa demande officielle chez le père de la jeune fille, le rabbin lui explique :

– Vois-tu mon garçon, nous sommes juifs et nous avons une façon particulière de faire les choses. Si tu veux te marier avec ma fille, tu dois d'abord passer une petite épreuve. Prends cette orange et reviens demain.

Le gars sort de là extrêmement surpris, et revient voir le rabbin le lendemain.

– Très bien dit le père, qu'as-tu fait de l'orange ?

– Je l'ai mangée, j'avais faim.

Le rabbin explique :

– C'est très mal ! Car tu vois, chez nous on épluche l'orange, et avec la peau nous faisons une délicieuse liqueur. Nous coupons ensuite l'orange en deux, nous donnons la moitié aux pauvres et l'autre moitié nous la répartissons dans la famille. La moitié des pépins nous les vendons au marché, l'autre moitié nous les gardons pour semer. Tu vois comme nous sommes ? Bon, je vais te donner une autre opportunité. Prends ce saucisson et reviens demain.

Moshé part un peu en rogne et revient le lendemain.

– Alors Moshé, qu'as-tu fait du saucisson ?

– Avec la ficelle, j'ai fait des lacets pour mes chaussures, avec le petit métal gravé j'ai fait un pendentif pour Sarah, j'ai coupé le saucisson à moitié, j'ai donné la moitié aux pauvres et l'autre moitié je l'ai répartie dans la famille.

– Très bien ! s'extasie le rabbin. Et... Qu'as-tu fait de la peau ?

– Avec la peau, j'ai réalisé un préservatif, j'ai fait l'amour avec votre fille et, avec le contenu, j'ai fait un don à la banque du sperme.

Un professeur de médecine a du mal à capter l'attention de ses étudiants au sujet des contractions musculaires pendant l'orgasme.

Il décide d'interpeller une des étudiantes placées devant lui.

– Vous, mademoiselle, savez-vous ce que fait votre trou du cul pendant l'orgasme ?

– Oui monsieur, il est au Parc des Princes avec ses copains pour soutenir le PSG.

Une fille très court vêtue est assise en face d'un gars dans un autobus.

En voyant que le type se rince l'œil, elle lui dit :

– Si vous voulez regarder, comme nous ne sommes que tous les deux et que je n'ai pas de culotte, ma foufoune peut vous faire un clin d'œil !

– Faites voir, fait le type, très intéressé.

La fille s'exécute et le gars est subjugué en voyant une lèvre du sexe de la fille lui faire un petit clin d'œil.

– Elle peut même vous envoyer un baiser !

– C'est pas possible, rétorque le type.

Et là les deux lèvres forment très clairement un baiser.

– Comme nous ne sommes que tous les deux, vous pouvez mettre deux doigts si vous voulez !

Le gars, totalement sidéré, lui répond :

– Ne me dites pas qu'elle sait siffler en plus !

Une femme à son mari :

– Chéri, cette nuit j'ai rêvé que tu m'achetais une chaîne en or !

– Si tu es sage, au prochain rêve je t'achète les boucles d'oreilles.

IL NE FAUT PAS DÉSESPÉRER DES IMBÉCILES, AVEC UN PEU D'ENTRAÎNEMENT ON PEUT EN FAIRE DES MILITAIRES.

Un type à son copain :

– Est-ce que tu connais la position amoureuse du rodéo ?

– Non, répond l'autre.

– Eh bien, c'est simple. Tu fais l'amour à ta femme comme d'habitude, tu prends ses seins des deux mains, et là tu dis à haute voix : « On dirait vraiment ceux de ma copine ! » Et à partir de là, il faut tenir huit secondes !

Une femme à son mari :

– Chéri, je suis bien ou je suis moche ?

– Les deux.

– Comment ça, les deux ? !

– Tu es bien moche !

Une fille à son mec :

– Chéri, j'ai failli me faire agresser par un type qui m'a dit « Tu couches avec moi ou je te pique ton téléphone », je t'appelle pour te dire que je vais bien...

C'est Maurice qui dit à David :

– J'en peux plus, tous les matins ça fait vingt ans que ma femme me demande de lui donner 1 000 € !

– 1 000 €, mais qu'est-ce qu'elle fait avec tout cet argent ?

– Je sais pas moi, je lui ai jamais donné !

C'est un type qui a un contrôle fiscal.

– Dites-moi, monsieur, vous ne me prendriez pas pour un con par hasard ? lui dit l'inspecteur des impôts.

– Pourquoi ?

– Vous déclarez toujours 1 800 € brut par mois. Alors pouvez-vous m'expliquer votre résidence à Deauville, votre villa à Saint-Tropez et le pavillon à Saint-Mandé ?

– Ah oui, ça c'est facile. Je dors chez ma mère à Sarcelles et une nuit j'ai rêvé qu'il y avait un trésor au pied d'un arbre dans son jardin. Le matin, j'ai creusé au pied de l'arbre et j'ai trouvé un trésor.

– Ah oui, et vous avez la preuve de ça ?

– Bien sûr, la résidence à Deauville, la villa à Saint-Tropez et le pavillon de Saint-Mandé !

C'est Maurice qui dit à son pote David :

– Qu'est-ce que tu as fait hier ?

– Je suis allé chez ma mère, elle m'a fait une entrecôte. Ma parole, elle dépassait de l'assiette ! Tu sais quoi ? Comme y avait pas de moutarde, tu me connais, moi, David, ni une ni deux j'ai pris la Ferrari et je suis allé à Dijon acheter de la moutarde !

– Ah ouais !

– Et toi, Maurice, qu'est-ce que tu as fait hier ?

– Je suis allé aux bains-douches.

– Qu'est-ce que tu es allé faire aux bains-douches ?

– Y a Claudia Schiffer qui est arrivée avec son magicien.

J'y ai montré que moi, Maurice, je sais faire de la magie !

Je l'ai emballée, je l'ai emmenée à la maison, et je l'ai niquée, je l'ai niquée ! Et à 5 heures du matin, le téléphone sonne : Naomi Campbell cherche partout Claudia Schiffer !

Elle se dit qu'elle est peut-être chez Maurice.

– Et alors ? demanda David.

– Alors je les ai niquées, je les ai niquées.

– Comment, tu as un plan comme ça et même pas tu m'appelles !

– Hé, je t'ai appelé mais ta mère elle m'a dit que t'étais parti à Dijon acheter de la moutarde !

DEUX VIEUX DANS LEUR LIT LE MATIN AU RÉVEIL :

ELLE : J'AI RÊVÉ QUE J'ÉTAIS CHEZ LIDL.

LUI : J'AI RÊVÉ QUE JE FAISAIS L'AMOUR AVEC DEUX FEMMES.

ELLE : J'ÉTAIS UNE DES DEUX ?

LUI : NON... TU ÉTAIS CHEZ LIDL !

Manger du poisson pané, c'est comme le caviar, vu que le caviar c'est du poisson pas né.

Les historiens du monde entier se sont tous mis d'accord pour dire que Jeanne d'Arc se serait éteinte bien après sa mort.

Pourquoi les femmes ont-elles des pieds plus petits que ceux des hommes ?

Pour être plus près de l'évier !

C'est dingue comme une bouteille de champagne peut te rendre belle !

– Mais j'ai rien bu !

– Toi non, mais moi si !

C'est deux mecs qui discutent en prison :

– T'as fait quoi pour être là, toi ?

– J'ai fait des attouchements à un poussin.

– Bon OK, c'est dégueulasse, mais ça ne mérite pas la prison !

– Bah, en fait, je suis l'entraîneur de son équipe de foot.

– Belle comme tu es, tu as dû avoir des douzaines d'amants ?

– Seulement trois !

– Trois ?

– Trois douzaines !!!

Je crois que je suis enceinte...
– De combien ?
– Ben... de toi seulement !

– Si je venais à mourir... Tu pleurerais beaucoup ?

– Tu sais bien que je pleure pour un rien !

– Et voilà ! Le gigot est carbonisé ! Je t'avais pourtant demandé de regarder ta montre !

– C'est ce que j'ai fait... Je peux même te dire qu'il a commencé à brûler à 19 h 47 !

– Que penses-tu faire aujourd'hui ?

– Rien.

– C'est déjà ce que tu as fait hier !

– Oui, mais j'ai pas fini.

Nous sommes arrivés à une parfaite harmonie sexuelle...

Hier soir, on a eu tous les deux la migraine !

Une fille à un type :

– *Pas question de baiser sans être mariés !*

– *Ça tombe bien... Je suis marié !*

– J'AI LÉGUÉ MON CERVEAU À LA FACULTÉ DES SCIENCES...
– TU CROIS QU'ILS ACCEPTENT LES PETITS DONS ?

– Bonjour ! Pourquoi je paye la redevance alors que je n'ai pas de télévision ?

– Vous avez un ordinateur ?

– Oui, mais je ne regarde pas la télé sur mon ordi !

– Mais vous pourriez, car vous possédez le matériel qu'il faut pour le faire.

– OK Alors je peux vous demander des allocations familiales ?

– Je vois dans votre dossier que vous n'avez pas d'enfants, donc c'est non !

– Oui, mais entre les jambes, j'ai le matériel qu'il faut pour les faire ! Alors je veux mes allocs !

Les perdants du Loto appartiennent tous au même groupe sans gain !

MIEUX QUE LES RÉSEAUX SOCIAUX : LE ROSÉ SOCIAL.

J'ai vu un alien dans mon frigo ! Il m'a dit : « Ils sont extras tes restes ! »

Le secret pour apprécier un bon vin :

Premièrement, ouvrez la bouteille pour la laisser respirer.

Ensuite si vous constatez qu'elle ne respire pas, pratiquez immédiatement le bouche-à-bouche.

Vous avez des céréales halal ?

Oui. J'ai aussi des tartines Titine, et de la confiture Tuture...

Comme dirait Dracula, j'irais bien boire un cou !

Mon groupe sanguin est A Péritif.

LA PIRE POSITION SEXUELLE, C'EST QUAND TU ES ALLONGÉ EN DESSOUS ET QUE DESSUS IL N'Y A PERSONNE.

Un gars à une employée :

– Enfin mademoiselle, lorsque je vais faire une prise de sang, c'est une infirmière qui me la fait, je ne la fais pas moi-même !

– Certainement monsieur, mais ici c'est la banque du sperme et les procédures sont différentes !

Parler avec des cons, c'est comme se masturber avec une râpe à fromage, c'est beaucoup de travail pour peu de résultats.

Pierre Desproges

– Ce soir, tous devant la télé !

– Pourquoi ?

– Bah ! parce que derrière on ne voit rien.

Dans les temps anciens, l'usage voulait que la personne chargée de vérifier la mort de quelqu'un lui mordît violemment le gros orteil.

Si rien ne se passait, la personne était déclarée morte. D'où l'appellation « croque-mort ».

Cette fonction se transmettait de père en fils comme une charge.

Le dernier croque-mort, bien que père de nombreux enfants, n'avait eu aucun garçon.

C'est donc sa fille aînée qui a repris la charge.

Mais la première victime qu'elle eut à traiter décéda d'une gangrène et on lui avait coupé les deux jambes jusqu'aux cuisses.

La jeune fille examina la situation et mordit donc avec précaution le premier membre inférieur qu'elle put trouver.

C'est à cette occasion que l'on passa de l'expression « croque-mort » à celle de « pompes funèbres ».

Un vieux monsieur à son assureur :

– Je voudrais ouvrir un contrat d'assurance vie.

– Quel âge avez-vous, monsieur ?

– 78 ans.

– Mais monsieur, vous êtes trop vieux !

– Trop vieux ? Mais pourquoi avez-vous ouvert un dossier à mon père, il y a trois jours alors ?

– Votre père, quel âge a-t-il ?

– 98 ans !

– C'est pas possible, il doit y avoir une erreur ! Je vais vérifier.

Il regarde son ordinateur et s'exclame :

– Effectivement, c'est mon jeune assistant qui a fait cette erreur, je suis donc dans l'obligation de vous ouvrir un contrat également !... Revenez mercredi avec les documents.

– Mercredi je ne peux pas, mon grand-père se marie.

– Votre grand-père se marie ! Mais quel âge a-t-il ?

– 118 ans.

– 118 ans ! Mais pourquoi a-t-il attendu d'avoir 118 ans pour se marier ?

– Ça je ne sais pas, mais ce que je sais, c'est qu'il n'en pouvait plus de vivre chez ses parents.

Si ça intéresse quelqu'un, j'ai un pote qui a deux places pour la finale de la Coupe du monde de rugby.

Il vient de se rendre compte (ce con) que c'est le même jour que son mariage.

Donc si quelqu'un veut y aller à sa place, c'est à l'église d'Avignon. La fille s'appelle Josiane et tout est payé.

Une étude scientifique a révélé qu'un complotiste sur trois est aussi con que les deux autres.

Est-ce que vendre du faux Viagra c'est contrebander ?

L'hippopotame court plus vite qu'un humain sur terre.

L'hippopotame nage plus vite qu'un humain sous l'eau.

Conclusion : le seul moyen de battre un hippopotame au triathlon, c'est de tout miser sur le vélo.

– Pourquoi es-tu triste, chérie ?

– Notre fils m'a traitée de salope...

– Vraiment ? Mais quel fils de pute !

PRÉFÉRER L'AFGHANISTAN À ISRAËL, C'EST QUELQUE PART METTRE LA CHARIA AVANT L'HÉBREU.

Hier soir, j'ai tellement bu de rhum que ce matin je parlais créole.

C'est M. Goldenbaum qui tient un restaurant à Jérusalem et qui a écrit plus de 100 lettres au pape François et à ses prédécesseurs pour demander un entretien privé. Il apprend que le pape François vient à Jérusalem à la nonciature.

Il rencontre le secrétaire du pape :

– Je suis monsieur Goldenbaum et je dois absolument rencontrer le pape.

– Je suis content de vous connaître, cher monsieur, depuis le temps que nous recevons vos courriers. Malheureusement, l'emploi du temps du Saint-Père...

– S'il vous plaît, juste une minute, c'est très important.

– Bon, venez demain à 10 h 55, le Saint-Père quittera sa résidence.

Le lendemain, le Saint-Père sort de l'ascenseur.

– Ah ! Très Saint-Père, je suis monsieur Goldenbaum.

– On m'a parlé de vous, cher monsieur. Que puis-je faire pour vous ?

– Eh bien voilà, je suis restaurateur à Jérusalem, mon père était restaurateur à Jérusalem, mon grand-père était restaurateur à Jérusalem, mon arrière-grand-père...

– Bon, ça va, dit le pape ! On ne va pas remonter jusqu'à Jésus-Christ...

– Eh bien si, justement ! Il y a 13 couverts qui ne nous ont jamais été réglés !!!

– Docteur, quand je me lève le matin je suis fatigué.

– Levez-vous l'après-midi !

J'ai arrêté de prendre le sein à 8 mois...

J'ai recommencé à 16 ans.

Je n'ai aucune volonté...

DANY BRILLANT SE PLAINT D'AVOIR PERDU LA TÊTE DÈS QU'IL A VU SUZETTE.

ATTENDEZ QU'IL VOIE BRIGITTE…

J'ai demandé à mon fils ce qu'il préférait à l'école, il m'a répondu : « Mater des seins. »

J'ai mis un moment à comprendre…

Quand on est trop gentil, on finit toujours par se faire bouffer.

C'est le syndrome du sandwich aux gens bons.

– Dis papa, pourquoi les gens disent que nous, les Chinois, on se ressemble tous ?

– Je ne sais pas mon petit, mais moi, je ne suis pas ton père, je suis ton oncle.

Un mec en rentrant chez lui :

– Chérie ! Où es-tu ?

– Dans la cuisine…

– J'ai une surprise pour toi…

– Hum… Tu vas venir me faire l'amour sur la table de la cuisine ?

– Heu, non… Tes parents sont là…

– Maman, que fait la cigogne après avoir apporté le bébé ?

– Elle s'écrase sur le sofa, regarde la télé, boit de la bière, rote et pète.

Une maîtresse d'école demande de faire une phrase dans laquelle il y a l'expression « je présume ».

Un élève dit :

– Ce matin, papa est sorti du garage avec la Volkswagen. Je présume que la BMW ne voulait pas démarrer.

– Bravo, dit la maîtresse.

Un petit gars au fond de la classe lève la main.

– Hier, j'ai vu mon grand-père sortir de la maison et se diriger vers le bois avec le journal sous le bras, je présume que…

– Je t'arrête, dit la maîtresse, parce que là, tu ne savais pas du tout ce que ton grand-père allait faire, donc tu ne peux rien présumer.

– Mais maîtresse, laissez-moi terminer ma phrase, dit le petit gars.

– Très bien, vas-y, dit-elle.

– Donc, comme je viens de vous le dire, j'ai vu mon grand-père sortir de la maison et se diriger vers le bois avec le journal sous son bras. Je présume qu'il allait faire ses besoins, car il ne sait pas lire !

Un flic à un automobiliste qu'il vient d'arrêter :

– Vous rouliez bien à 180 kilomètres-heure, là ?

– Ah non ! monsieur l'agent, je venais tout juste de dépasser le 130 !

– Non, vous avez raison monsieur l'agent ! Il était à plus de 170, j'ai regardé le compteur, déclare la femme du conducteur.

– Et en plus vous ne portez pas votre ceinture ?

– Mais monsieur, je viens de l'ôter lorsque vous m'avez fait signe d'arrêter mon véhicule !

– Vous avez raison, confirme la femme, mon mari ne met jamais sa ceinture ni en ville ni sur l'autoroute !

– Mais tu vas la fermer, oui ! intime le gars à sa femme.

– Et votre feu arrière cassé, vous allez me dire que vous ignoriez qu'il ne marchait pas ?

– Ah oui ! ça alors ! Je ne le savais pas !

– Il ment, monsieur l'agent ! Il m'a dit il y a deux mois qu'il attendait que l'autre feu ne fonctionne plus pour changer les deux d'un coup !

– Ferme ta gueule ! hurle le gars.

– Il vous parle toujours comme ça, madame ?

– Oh non ! Seulement quand il est bourré.

L'IRONIE, C'EST QUAND TU RENTRES EN PRISON POUR VOL DE VOITURE ET QUE TU SORS POUR BONNE CONDUITE.

Après avoir gagné la partie, j'ai envoyé le ballon dans le public...

Apparemment, ce n'est pas toléré au bowling.

Quand j'avance très doucement, peut-on dire que j'ai une démarche administrative ?

JE NE FAIS PLUS CONFIANCE AUX CHATS DEPUIS QUE J'AI APPRIS QU'IL Y A UN TRAÎTRE PAR MINOU.

Un artisan maçon demande à son ouvrier portugais :

– Miguel, va dire à la religieuse que l'on est arrivés pour réparer son mur.

Il frappe à la porte et une religieuse lui demande ce qu'il veut :

– Je viens faire la mour !

– Mais que dites-vous là, mon fils ?

– Je viens pour faire la mour !

– Mais c'est hors de question, malotru !

Le gars revient voir son patron qui lui demande :

– Alors, c'est bon, on peut y aller ?

– Non, elle veut pas qu'on fasse la mour !

– Mais qu'est-ce que tu lui as dit ?

– Je viens pour faire la mour !

– Et qu'est-ce qu'elle t'a répondu ?

– Pas possible, malotrou !

Heureusement que les journalistes répètent qu'il fait chaud. Sans eux, on serait assez con pour sortir en doudoune avec un bonnet sur la tête.

L'oiseau vole, et le voleur aussi. Mais la différence est que l'oiseau fait son nid et que le voleur nie son fait.

J'adore Noël.
J'ai vu un homme donner sa montre, son porte-monnaie et son portable à un autre qui n'avait qu'un couteau.

– Papa, c'est quoi un castrat ?

– Un chanteur.

– Il a quoi de spécial ?

– C'est un chanteur hors paire...

Et comme dit Franck Ribéry :

« Le football c'est comme les échecs, mais sans les dés. »

– Grâce à Emmanuel Macron, j'ai eu une enfance très heureuse !

– Mais, quand vous étiez enfant, il n'était même pas né !

– Eh bien oui, justement, c'est pour ça !!!

Ahmed et Mohamed sont dans le désert :

– Mohamed, lui dit Ahmed, dans le Coran il est écrit que ta femme doit marcher 20 pas derrière toi ! Et ta femme marche 10 pas devant toi !

– Je sais, lui répond Mohamed, mais à l'époque du Coran, il n'y avait pas encore de mines dans le désert…

Un catholique, un protestant, un musulman et un juif sont en discussion pendant un dîner.

Le catholique dit :

– Je suis si riche que j'achèterais bien la Citibank !

Le protestant dit :

– Je suis très riche et j'achèterais bien la General Motors !

Le musulman dit :

– Je suis un prince fabuleusement riche, je vais acheter Microsoft !

Ensuite, ils attendent tous que le juif parle.

Le juif remue son café, place la cuillère proprement sur la table, prends une petite gorgée de café, les regarde et dit avec désinvolture :

– Je ne vends pas !

Une femme à sa copine :

– Moi, mon mari, c'est un vrai Homo erectus…

– Ouais, moi le mien, c'est plutôt un Homo ça pionce !

Une fille à un type :

– Ce soir, on a 50 % de chances de coucher ensemble !

– Ah bon, pourquoi ?

– Parce que moi, je ne suis pas d'accord !

Une fille à sa copine :

– Quelque chose te tracasse ?

– Ouais ! J'ai comme l'impression que Robert m'a fait un enfant dans le dos !

– Mais, ma pauvre chérie ! Tu t'es fait avoir, on ne peut pas avoir d'enfants par-derrière !

L'avantage, quand tu es vegan, c'est qu'après Noël tu peux bouffer le sapin.

Est-ce que si la foudre tombe sur ta voiture électrique, cela te fait le plein ?

Un type à son copain :

– Tu pratiques le 69, toi ?

– Non... Moi, c'est un 71 ou rien !

– Mais, ça n'existe pas...

– Ben si... C'est un 69 + 2 doigts !

Deux copains se promettent de communiquer aussitôt que l'un d'eux sera parti au paradis.

Après la mort de l'un des deux, l'autre se trouve à boire une bière à la table du bistrot où ils aimaient se retrouver, lorsqu'il entend l'autre lui murmurer :

– Maurice, Maurice.

– C'est toi, Michel ? demanda le copain.

– Oui, c'est moi, comme promis je communique avec toi.

– Alors, c'est comment la vie de l'autre côté ?

– Super ! Le matin à peine réveillé je fais l'amour, après mon petit déjeuner je fais une petite sieste et après je refais l'amour, et avant le dîner je refais encore l'amour et le soir pareil et à plusieurs !

– Ça alors, mais c'est super le paradis !

– Mais je ne suis pas au paradis, je suis lapin en Lozère.

Si, à la Saint-Valentin, elle te prend la main, vivement la Sainte-Marguerite !

Question existentielle :

Un couple très amoureux décide de mourir ensemble. Pour se suicider, ils se rendent sur le toit d'un gratte-ciel et décident de compter jusqu'à 10 pour sauter. À 10, la femme saute mais pas l'homme. Du haut de l'immeuble il regarde sa femme tomber et, d'un coup, voit un parachute s'ouvrir. La question est : lequel a trahi l'autre ?

Vous avez une heure !

Jurisprudence au travail :

deux ouvriers ont été surpris, dans une cabane de chantier, en flagrant délit de sodomie !

Le contremaître les a mis à la porte sur-le-champ.

La CGT a attaqué et obtenu gain de cause aux prud'hommes avec leur réintégration.

Motif : « On ne peut pas licencier des employés qui se défoncent le cul au boulot ! »

Entretien d'embauche à la SNCF.

Le candidat :

– Désolé, je suis en retard...

Le RH :

– Vous êtes embauché !

– Ça veut dire quoi « quatre points pour un feu rouge » ? Vous donnez des points maintenant ?

– Bien sûr, madame ! Même qu'au bout de douze, vous gagnez un vélo !

Que faisaient nos parents quand ils s'ennuyaient avant qu'existe Internet ?

J'ai demandé à mes 14 frères et sœurs et ils ne le savent pas non plus.

Contrôle de gendarmerie à 3 heures du matin :

– Bonsoir, où allez-vous ?

– Je me rends à une conférence sur l'abus d'alcool, de tabac et des soirées tardives…

– Vraiment, et qui donne cette conférence à une heure pareille ?

– Comme d'habitude, c'est ma femme…

Ça y est, mon salaire est hybride : la moitié passe en essence et l'autre moitié en électricité !

Un gay dans un autre :

– Dis donc, j'espère que t'as pas le sida ?

– Non, bien sûr que non !

– Ah ! tant mieux, ça m'aurait emmerdé de l'attraper une deuxième fois !

Un type au volant d'une voiture immatriculée en Belgique est arrêté par un douanier. Celui-ci lui demande ses papiers.

– D'où viennent ces papiers, monsieur ?

– De la préfecture répond le type, un peu courroucé.

– Je vois bien sur vos papiers qu'il y a marqué que vous êtes belge !

– Oui, monsieur, je suis belge et noir !

– C'est ça, mon garçon, et je dois vous croire !

– Mais oui, enfin, puisque je vous le dis, crie le type. Je suis belge, wallon et noir !

Devant tant de conviction, le douanier va voir un de ses collègues et lui demande :

– Tu crois, toi, qu'il y a des belges wallons et noirs ?

– Tu sais, dit l'autre, il faut plus s'étonner de rien, j'ai vu un reportage sur Arte et il paraîtrait qu'il y a des Flamands roses…

Une prof écrit un exercice au tableau.

Dans la classe le petit Paul crie :

– Mademoiselle, vous avez des poils sous le bras !

Furieuse, la prof renvoie Paul à la maison pour le restant de la journée.

Le lendemain, la prof pousse le tableau du bras gauche et Paul s'écrie :

– Mademoiselle, vous avez aussi des poils sous l'autre bras !

Là-dessus, elle renvoie Paul à la maison pour le restant de la semaine.

Le lundi, la prof, un rien énervée, laisse tomber la craie. En la ramassant, elle entend Paul crier :

– Salut à tous, avec ce que je viens de voir, on se reverra après les grandes vacances !

APRÈS AVOIR PAYÉ LA MOITIÉ DU LOYER AVEC SON PETIT AMI PENDANT HUIT ANS, ELLE DÉCOUVRE QU'IL EST PROPRIÉTAIRE DE LA MAISON.

Lui :

– Si tu veux, je peux te faire goûter des produits de mon pays, des huîtres, du foie gras, de la bonne viande…

Elle :

– Où t'habites ?

Lui :

– Oui, aussi !

Interview d'une bimbo de téléréalité :

Lui :

- Et sexuellement, vous êtes-vous déjà mis des barrières ?

Elle :

- Non, je me suis déjà mis d'autres trucs mais des barrières, c'est gros quand même...

Un homme au téléphone :

– Allô ! mon amour, déshabille-toi, mets les beaux sous-vêtements et mets-toi au lit, j'arrive !

– C'est qui ? demande la fille.

– Mais, c'est pas Juliette ?

– Non, pas du tout.

– Excusez-moi de vous avoir dérangé.

– Mais alors, vous venez pas du coup ?

C'est un type qui roule sur une belle route de campagne. Il est quand même à 120 kilomètres-heure, lorsqu'il voit un petit point dans son rétroviseur qui se rapproche rapidement.

Il se dit : « Qu'est-ce que c'est que ça, une moto peut-être ? »

La chose arrive juste derrière lui, le double, et il voit passer un poulet à trois pattes.

Il se dit « C'est pas possible » et appuie sur le champignon pour attraper le poulet. Il monte à 140, puis 150 kilomètres-heure, revient à la hauteur du poulet, qui accélère puis le distance à nouveau.

Le gars accélère comme un malade, jusqu'à 180 kilomètres-heure, et il voit le poulet qui rentre dans une cour de ferme.

Il arrête sa voiture dans la cour et va parler au paysan.

– C'est incroyable, j'ai été doublé à 150 par un poulet à trois pattes, vous savez d'où il vient ?

– Bah oui, c'est nous qui les élevons, mon fils fait des études de génétique, alors on a fait des poulets à trois pattes, et comme on est cinq, il y en a deux qui prennent un blanc et les autres une patte chacun.

Le paysan lui montre un grand champ avec 2000 poulets à trois pattes dedans.

– Ça alors, c'est formidable ! Et ils sont bons ces poulets à trois pattes ?

– Bah ! ça on sait pas, on n'a jamais réussi à les attraper !

Une mère de dix enfants est interrogée par un journaliste :

– Quels sont les prénoms de vos dix enfants ?

En comptant sur ses doigts elle énumère ses dix enfants, qui s'appellent tous Pedro.

– Mais alors comment faites-vous pour les appeler quand ils jouent tous dehors ?

– C'est très simple : je crie Pedro et ils rentrent tous.

– Et lorsque vous les appelez pour manger ?

– *Idem*, je crie Pedro et ils viennent tous manger.

– Et si vous voulez parler à l'un d'eux en particulier ?

– Dans ce cas-là, je les appelle par leur nom de famille.

– Est-ce que tu crois que je peux t'inviter à sortir ?

– Oui, évidemment !

– Tu peux sortir s'il te plaît ? Merci.

C'EST À FORCE DE VOIR DES GENS ENTRER DANS SON BUREAU SANS FRAPPER QUE WINSTON CHURCHILL DÉCIDA D'ENLEVER SES INITIALES SUR LA PORTE.

Faits divers :

Elle couche avec son père en pensant que c'était son oncle, son frère demande le divorce.

Dans les Caraïbes, il y a deux sortes d'îles :

les Antilles et les Messantes.

C’est en voyant un moustique se poser sur ses testicules qu’on réalise qu’on ne peut pas régler tous les problèmes par la violence.

Proverbe chinois

– Je vous jure, monsieur le juge, que je n'avais pas vu que mon mari était déjà allongé sur le sable quand j'ai planté le parasol, je regardais ailleurs.

– Quinze fois de suite !?

– C'était mou, ça ne tenait pas...

Une femme de plus de 60 ans a été arrêtée pour vol dans une grande surface.

Le juge lui demande :

– Pourquoi avez-vous volé cette boîte de pêches ?

– J'avais faim.

– Combien y avait-il de pêches dans cette boîte ?

– Six.

– Vous aurez six jours d'emprisonnement.

Le mari intervient :

– Puis-je dire quelque chose ?

– De quoi s'agit-il ? demande le juge.

– Elle a aussi volé une boîte de petits pois !

La femme a quatre lèvres : deux pour causer des problèmes et deux pour résoudre les problèmes.

L'homme a trois pieds : un pour chercher des problèmes et deux pour s'enfuir.

J'ai croisé un technicien EDF dans la rue, il m'a demandé l'heure. Je lui ai répondu qu'il était entre 8 et 16 heures.

Un instituteur très cool demande à ses élèves :

– Dites-moi, d'après vous, ce qui vous semble être une belle mort.

Un garçon lève le doigt et déclare :

– Une belle mort, monsieur, c'est comme celle de mon grand-père.

– Et comment est-il mort, ton grand-père ?

– Pendant son sommeil, monsieur.

– Tu as raison, c'est une belle mort. Et dis-moi alors ce qui te semble être une mort horrible.

– Une mort horrible, c'est celle des copains de mon grand-père.

– Ah bon, mais comment sont-ils morts ?

– Dans la voiture de mon grand-père, quand il

SI TU VEUX CHANGER LE MONDE, FAIS-LE PENDANT QUE TU ES CÉLIBATAIRE.

UNE FOIS MARIÉ, TU NE POURRAS MÊME PAS CHANGER DE CHAÎNE DE TÉLÉ.

Un mec à sa femme :

– T'étais où ?

– Chez l'esthéticienne.

– C'est quoi ça ?

– Une femme qui te rend belle.

– Elle était pas là ?

– Connard…

Il faut vivre avec son temps…

Jésus changeait l'eau en vin, Snapchat change les boudins en canons.

Comment faire doubler la valeur de sa Lada ?

En faisant le plein d'essence.

Pourquoi est-ce que les Lada ont des fils chauffants sur la vitre arrière ?

C'est pour se réchauffer les mains quand on les pousse !

Pourquoi le capitalisme est-il au bord du gouffre ?

Parce qu'il regarde le communisme qui est au fond.

Dans plusieurs pays du monde, les hommes peuvent avoir plusieurs femmes. Heureusement, en France, la loi protège les hommes.

POURQUOI LE DICTIONNAIRE S'APPELLE-T-IL LAROUSSE ?

PARCE QUE S'IL S'APPELAIT LA BLONDE IL N'AURAIT QUE DEUX PAGES.

Comment appelle-t-on un dinosaure gay ?

Un tripotemoilanus.

Comment appelle-t-on une lesbienne qui n'a pas de formes ?

Une homo-plate.

Qui est capable de faire 1000 pompes par jour ?

Un Chinois dans une usine Nike.

17 H 45 :
ALERTE, UNE MAISON VIENT D'ÊTRE SQUATTÉE DANS UN VILLAGE DE CORSE.

17 H 46 :
FIN DU SQUAT.

Trois mamies parlent de leurs fils.

– Mon fils est évêque, dit la première. Quand on s'adresse à lui, on lui dit « Votre Grâce ».

– Le mien est cardinal, réplique la deuxième. Pour s'adresser à lui, on dit « Votre Éminence ».

La troisième déclare fièrement :

– Moi, le mien est strip-teaseur dans une boîte gay… Et comme il a un sexe énorme, quand on le voit, tout le monde dit : « Oh ! mon Dieu ! »

– Tu es portugais ?
– Oui.
– Comment tu t'appelles ?
– Manouel.
– Manouel tout court ?
– Bah non ! Tou vois bien qué yé bouch'pas !

C'est un petit garçon qui dit à sa mère :

– Maman, je ne comprends pas : papa est noir, toi tu es blanche et moi je suis chinois !

– Ne me prends pas la tête avec ça, si tu savais ce qui s'est passé ce soir-là, tu serais content de ne pas aboyer.

Je suis allé à une réunion des alcooliques unanimes.

C'est comme les alcooliques anonymes, à part qu'on était tous d'accord pour boire.

C'est une guêpe qui dit à ses copines dans un camp de naturistes :

– *On va pouvoir mettre l'essaim à l'air !*

Un fils cannibale dit à son père qui convoite une jolie femme :

– Papa, on la ramène à la maison et on la mange ?

– T'es fou ? On la ramène à la maison et on mange ta mère !

QUAND MES AMIS ME MANQUENT, JE FAIS COMME POUR LES ÉCHALOTES… JE LES FAIS REVENIR AVEC DU VIN BLANC !

– Non ! Jacob, c'est pas possible : le noir, c'est noir, c'est pas une couleur !

– Aïe, aïe, Simon, mais tu veux ma mort ou quoi ? Puisque je te dis que noir c'est une couleur !

– Écoute, Jacob, on va voir le rabbin, lui, il saura !

– Rabbi, Rabbi ! Dis-lui à Simon que le noir c'est une couleur !

– Ma parole, dit le rabbin, arrêtez de crier tous les deux, bien sûr que le noir c'est une couleur !

– Tu vois Simon ! Le noir, c'est une couleur !

– Oui, d'accord, le noir, c'est une couleur, mais le blanc, là, c'est sûr, c'est pas une couleur !

– Aïe, aïe, Simon ! Mais bien sûr que si ! Le blanc c'est une couleur.

– Ah non ! sur ma mère ! Le blanc c'est pas une couleur, c'est blanc !

– Viens Simon, on retourne voir le rabbin.

– Rabbi, Rabbi ! Dis-lui à Simon que le blanc c'est une couleur !

– Ma parole, mes enfants ! Le blanc aussi, c'est bien une couleur.

– Bon, Jacob, tu avais raison, le blanc c'est une couleur.

– Alors tu vois Simon, que la télé noir et blanc que je t'ai vendue, c'est bien une télé couleur !

Une blonde à sa copine :

– On m'a volé mon sac…

– Ah ! merde !

– Non, à main !

– Je ne comprends rien à votre famille…

– Je répète une dernière fois, mon père est maire, ma tante est sœur, mon cousin est frère, et mon frère est masseur.

– Dans la famille Dupont de Ligonès, je voudrais la mère !

– Pioche.

À celle qui te dit que les hommes sont tous pareils, réponds-lui :
– Fallait pas tous les essayer !

La différence entre un homme et un enfant, c'est que l'enfant on peut le laisser tout seul avec la baby-sitter…

Je suis jaloux de mes parents, car je n'aurai jamais un enfant aussi génial que le leur !

Pendant deux ans, il est resté fou amoureux de moi, sans que je le susse.

À force de tomber sur des gens bizarres, quand on rencontre des gens normaux, on finit par trouver ça bizarre…

On se veut,
On s'enlace,
Puis on s'en lasse,
Et on s'en veut.

J'aime bien le Kama sous toi !

IL PARAÎT QUE LA CONNERIE, ÇA SE CULTIVE.

BEN, J'EN CONNAIS UN BON PAQUET QUI ONT LA MAIN VERTE !

L'âge mûr de l'homme s'apparente à celui des poires.

Dans les deux cas, c'est la queue qui lâche.

JE VIENS D'APPRENDRE QUE LES EFFORTS SONT PAYANTS.

DÉJÀ QUE JE N'AVAIS PAS TROP ENVIE D'EN FAIRE...

Aujourd'hui, pendant notre rapport sexuel, ma copine a dévalué ma note :

je suis passé d'un triple AH ! à un simple OH !

L'argent n'a pas d'odeur, mais quand on n'en a pas, ça sent la mouise...

Certains ont un effet levure sur mon système nerveux : en deux minutes, ils me gonflent !

– Maman, je suis enceinte du voisin…

– Mais enfin, chérie, il pourrait être ton père !

– Maman ! L'âge n'a pas d'importance quand on aime !

– Ma chérie, je pense que tu ne m'as pas bien comprise…

Quand on gagne du blé, nos rêves céréalisent.

*Je creuse, tu creuses,
il creuse, nous creusons,
vous creusez, ils creusent...*

*C'est pas un très beau poème,
mais c'est très profond.*

Savez-vous comment distinguer le sexe d'un hamster ?

Je vous donne l'astuce : collez le hamster à votre oreille. Si vous n'entendez rien, c'est un mâle. Si vous percevez de la musique, c'est une femelle car dans le corps d'hamster dame, y a des marins qui chantent.

– Parmi les choses que je te fais, laquelle t'excite le plus ?

Elle :

– Le café.

Un vieux à sa vieille :

– D'après mes calculs, si les prix continuent d'augmenter, faudra penser à retourner vivre chez nos parents !

– Pardonnez-moi, mon père, car j'ai péché.

– Qu'avez-vous fait, mon fils ?

– Il y a quelques semaines, je suis allé à la bibliothèque. Je suis resté là jusqu'à l'heure de la fermeture et, quand j'étais sur le point de rentrer chez moi, la pluie a commencé à tomber.

C'était si intense que j'ai dû attendre dans la bibliothèque. J'ai attendu un moment avec la bibliothécaire, une jolie fille célibataire puis, de fil en aiguille, j'ai fini par coucher avec elle.

L'homme cesse de parler mais continue de pleurer.

– Eh bien, ne pleurez pas comme ça, c'est un péché mais ce n'est pas si grave. Vous devrez dire cinq « Je vous salue, Marie » et vous serez pardonné.

L'homme n'arrête pas de sangloter.

– Mais ça ne s'arrête pas là ! Quelques jours plus tard, ma voisine âgée m'a demandé de l'aider avec son ordinateur. Son mari a été hospitalisé, elle n'a pas pu envoyer d'e-mail à son fils. J'y suis allé et j'ai réglé le problème, mais quand j'étais sur le point de partir la pluie a commencé à tomber. C'était vraiment orageux, j'ai dû attendre. De fil en aiguille j'ai fini par coucher avec la vieille dame ! s'écrie l'homme.

– Oh, mon Dieu ! Cela rend les choses plus difficiles en effet, mais quand bien même, vous devrez dire 15 « Je vous salue, Marie » et vous serez pardonné.

– Oh, j'ai bien peur que le pire soit encore devant nous ! s'écria l'homme. Hier, je suis allé chez le coiffeur. J'étais son dernier client ce jour-là, il venait de finir et il était sur le point de fermer la boutique, quand la pluie a commencé à tomber si intensément que j'ai dû attendre avec lui. De fil en aiguille, j'ai fini par coucher avec lui aussi !

– Oh, mon Dieu, c'est en effet pire que je ne le pensais, dit le prêtre.

– Alors, que dois-je faire, mon père ?

– Eh bien, vous devriez foutre le camp d'ici avant qu'il ne commence à pleuvoir !

J'ai arrêté de faire du sport il y a plus de trente ans, sans patch, sans acupuncture, sans aide, juste la volonté.

L'homme amoureux vit d'amour et d'eau fraîche. Une fois marié, il ajoute du Ricard !

Conclusion : la première cause de l'alcoolisme en France, c'est la femme...

– Allô, chéri ? La voiture ne veut pas démarrer ! Je crois qu'il y a de l'eau dans le carburateur.

– Parce que tu sais où est le carburateur, toi ?

– Oui, il est dans la voiture.

– Et où est la voiture ?

– Elle est dans la rivière.

– Oh ! putain !

CE N'EST PAS PARCE QUE L'HOMME A SOIF D'AMOUR QU'IL DOIT SE JETER SUR LA PREMIÈRE GOURDE.

Le sexe n'a rien à voir avec l'amour. Pour preuve, le gouvernement nous baise tous les jours et on n'en est pas du tout amoureux...

C'est quand on est dans les ennuis jusqu'au cou qu'il faut marcher la tête haute !

Un touriste chinois atterrit en Israël, à l'aéroport Ben-Gourion, et saute dans un taxi pour se diriger vers Tel-Aviv.

Sur le trajet, le taxi croise quelques bus.

– Ces bus sont très lents, en Chine les bus sont très rapides, dit le touriste.

Le chauffeur l'ignore.

Un peu plus tard, il croise un train sur la nouvelle voie ferrée.

– En Chine, les trains sont très rapides, dit le touriste.

Le chauffeur de taxi l'ignore toujours.

Enfin, ils arrivent à Tel-Aviv et il voit des promeneurs.

– Ces gens marchent très lentement, en Chine les gens marchent très vite.

Le chauffeur l'ignore toujours.

Ils arrivent enfin à l'hôtel du touriste.

– 500 shekels, lui dit le chauffeur de taxi.

– C'est fou, en Israël, les bus et les trains roulent lentement, les gens marchent lentement. Comment se fait-il que le compteur soit la seule chose ici qui aille aussi vite ?

Le chauffeur de taxi hausse les épaules et répond :

– Le compteur a été fabriqué en Chine.

Je suis allé sur un site pour maigrir, et ils me demandent si j'accepte les cookies... Ils se foutent de moi.

Un type à une jolie fille :

– C'est quoi la différence entre drague et harcèlement ?

– Le harcèlement, c'est quand le mec est moche !

Si on mettait un point rouge sur la tête de tous les cons, le monde ressemblerait à un champ de coquelicots !

Michel Audiard

COMBIEN MESURE LA MOITIÉ D'UN TOUT ?

TROIS MÈTRES, CAR LE TOUT C'EST DE S'Y METTRE.

Lors d'une cérémonie de récompenses militaires, on promet à tous les soldats une somme de 200 € pour chaque centimètre mesuré en ligne droite entre deux points différents du corps.

Chaque militaire peut choisir les parties du corps utilisées pour déterminer le montant de la prime.

Le premier candidat demande à être mesuré entre le dessus de sa tête et le bout de ses orteils. Comme il mesure 1,80 mètre, il obtient une prime de 36 000 €.

Le deuxième candidat, un peu plus rusé, demande à être mesuré du bout de ses bras levés au-dessus de sa tête jusqu'au bout de ses orteils. Il obtient 46 000 €.

Le troisième candidat, un vieux juteux-chef qui en a vu plus d'une, demande à être mesuré du bout de son pénis jusqu'à ses testicules.

On lui recommande de reconsidérer la situation, soulignant les montants avantageux que les deux premiers candidats ont reçus.

Mais le vieux soldat insiste et on respecte son choix, à condition que la mesure soit prise par un médecin militaire.

Le médecin militaire arrive et demande à l'adjudant-chef de baisser son pantalon, ce qu'il fait.

Le médecin place le ruban à mesurer sur le bout du pénis de l'adjudant-chef et procède vers l'arrière.

– Mon Dieu ! dit le médecin, mais où sont vos testicules ?

Le vieil adjudant-chef répond calmement :

– En Indochine !

Ce ne sont pas les enfants sur la banquette arrière qui font les accidents, mais bien les accidents sur la banquette arrière qui font les enfants…

C'est parce que la vitesse de la lumière est supérieure à celle du son que tant de gens paraissent brillants avant d'avoir l'air con.

Beaucoup
de gens sont
en vie seulement
parce qu'il est
illégal de les
tuer.

CITATIONS DIVERSES :

**Dis-moi qui tu fréquentes,
je te dirai qui tu hais.**

Francis Blanche

**Il vaut mieux viser la perfection
et la manquer que viser
la médiocrité et l'atteindre.**

Francis Blanche

L'enfant est un fruit qu'on fit.

Léo Campion

**L'expérience est l'addition de nos erreurs.
C'est mathématique : un cocu est un entier
qui perd sa moitié pour un tiers.**

Jean Carmet

**Tout le monde pense, seuls
les intellectuels s'en vantent.**

Philippe Bouvard

La chute n'est pas un échec. L'échec, c'est de rester là où on est tombé.

Socrate

N'attendez pas la solution de vos problèmes par des hommes politiques, puisque ce sont eux qui en sont la cause.

Alain Madelin

On peut donner le bonheur sans l'avoir, c'est comme cela qu'on l'acquiert.

Voltaire

– Vous aurez beau faire, monsieur, dit la jolie marquise, vous n'aurez jamais mon cœur…

– Je ne visais pas si haut, madame.

Molière

L'être humain est incroyable ! C'est la seule créature qui va couper un arbre pour en faire du papier et écrire dessus : sauvez les arbres.

Un vieil homme à son petit-fils :

– Quand je suis né, être gay était interdit. Puis, par la suite, c'était toléré, mais en secret. Ensuite c'était accepté publiquement. Et aujourd'hui, c'est devenu une fierté de l'être. J'espère juste mourir avant que ça devienne obligatoire.

J'ai été victime d'une arnaque chez Leclerc cette semaine. Voici comment :

Deux filles t'abordent et t'aident à ranger tes courses dans le coffre. Alors, pour les remercier, tu offres un pourboire. Elles refusent et te demandent de les conduire à un endroit.

Si tu acceptes, elles montent à l'arrière de la voiture. En chemin, elles commencent à se déshabiller. L'une d'elles passe ensuite par le siège passager et te fait une fellation pendant que l'autre te vole tes paquets de pâtes !

Soyez vigilant, cela pourrait aussi vous arriver !

On m'a aussi volé deux paquets de pâtes lundi dernier, un autre mardi, deux fois mercredi, encore une fois jeudi et à nouveau ce matin.

Je retourne chez Leclerc demain, bien obligé, car je n'ai plus de pâtes !

Une femme chez le pédiatre :

– Mon enfant n'aime pas le poisson, par quoi puis-je le remplacer ?

– Par un chat, les chats adorent le poisson !

QUAND J'ÉTAIS PETIT, J'AVAIS PEUR DU NOIR.

MAINTENANT, QUAND JE VOIS MA FACTURE D'ÉLECTRICITÉ, J'AI PEUR DE LA LUMIÈRE.

– Tu l'as baisée, Jean-Pierre, tu l'as baisée ! Il ne fallait pas JP, il ne fallait pas !!! Pourquoi tu as fait ça JP, pourquoi ?

– Ben elle était là devant moi, allongée nue, on n'était que tous les deux, qu'est-ce que tu voulais que je fasse ?

– UNE AUTOPSIE JP, UNE AUTOPSIE !!!

Un vieux à un autre :
– Hier, six femmes m'ont invité à sortir…
– Oh ! la chance ! Mais comment fais-tu ?
– Je me suis trompé de toilettes, au bar…

La justice, docteur, c'est comme la Sainte Vierge : si elle n'apparaît pas de temps en temps, le doute s'installe.

Michel Audiard

Au marché, un vieux au crémier :

– Ils sont frais, vos œufs ?

– Bah ! pour sûr, ils sont frais ! En tout cas plus frais que les vôtres.

– Ça m'étonnerait, il y a une heure ils étaient encore au cul d'une poule !

J'ai un nouveau chien... il est formidable !
Je lui ai fait sentir une patte de lapin...
Il m'a rapporté un lapin !
Je lui ai fait sentir une plume de faisan...
Il m'a rapporté un faisan !
Je lui ai fait sentir le string de ma femme...
Il m'a rapporté les testicules du voisin !
Bon chien !!!

Avant les réseaux sociaux,
il n'y avait que ta famille
qui savait que tu étais con !

LE SEUL MOMENT OÙ UNE FEMME ÉCOUTE ATTENTIVEMENT CE QUE DIT SON MARI, C'EST LORSQU'IL PARLE EN DORMANT.

Avant le mariage :

Elle : Salut !
Lui : Ah ! depuis le temps que j'attends ça !
Elle : Tu veux que je parte ?
Lui : Non, je n'ose même pas y penser.
Elle : Tu m'aimes ?
Lui : Bien sûr ! Énormément !
Elle : Tu m'as trompée ?
Lui : Non ! Pourquoi me demandes-tu ça ?
Elle : Tu veux m'embrasser, Louis ?
Lui : Chaque fois que j'en aurai l'occasion.
Elle : Tu me battras un jour ?
Lui : Tu es folle ?
Elle : Je peux te faire confiance ?
Lui : Oui.
Elle : Chéri !

Après le mariage... Lire de bas en haut.

À l'opéra, quelqu'un demande à Casanova quelle actrice est à ses yeux la plus jolie. Le séducteur en désigne une, mais son voisin s'insurge :

– Elle a de vilaines jambes !

– Monsieur, dans l'examen de la beauté d'une femme, la première chose que j'écarte, ce sont les jambes.

Une comédienne arbore une somptueuse rivière de diamants, offerte par un riche protecteur, et qui descend bien au-delà de son décolleté. Quelqu'un lui fait remarquer :

– Cette rivière descend très bas.

– Normal : elle retourne à sa source.

Je bois très peu
d'alcool...
Et quand j'en bois,
je deviens une autre
personne...
Et le problème, c'est que
cette personne boit
beaucoup plus que
moi...

En 1959, Maria Callas rend publique sa liaison avec le milliardaire Aristote Onassis, de vingt ans son aîné. On lui demande :

– Qu'est-ce qui vous a séduit chez Aristote Onassis ?

– Il est beau comme Crésus.

Un gars se couche auprès de sa femme, après avoir énormément picolé.

Ils s'endorment. Au bout d'un moment, le mari se réveille et commence à crier :

– Mon sexe ! Mon sexe ! Mon sexe ! Quelqu'un a coupé mon sexe ! Ils ont volé mon sexe !

Sa femme se réveille et lui dit :

– Arrête de boire, idiot, ta main est dans ma culotte.

– Maman, je peux me maquiller ?
– Non.
– Alors, mettre une jupe ?
– Non.
– Et des talons ?
– Non,
– Mais maman, j'ai 17 ans !
– Je sais Thomas, je sais.

Une blonde à une autre blonde :
– J'ai encore raté mon permis…
– Comment as-tu fait ?
– Près d'un rond-point, il y avait un panneau avec 30 écrit dessus… J'ai fait 30 fois le tour du rond-point !
– Et tu t'es trompée de combien de tours ?

C'est un chauffeur routier qui dit à une auto-stoppeuse qu'il vient de prendre pour aller à Lille :

– C'est curieux, c'est la quatrième femme enceinte que je prends dans mon camion pour aller à Lille.

– Mais, je ne suis pas enceinte.

– Oui, mais on n'est pas encore à Lille.

Il y a plusieurs façons d'être un con, mais le con choisit toujours la pire.

Frédéric Dard

Un père décide de donner quelques renseignements sexuels à sa fille adolescente.

Il baisse son pantalon, désigne son pénis et demande à sa fille :

– Qu'est-ce que c'est que ça ?

– C'est une bistouquette, répond l'adolescente.

– Non, il faut appeler les organes par leur nom. Ça, ça s'appelle une bite.

– Non, des bites j'en ai vu, mais ça c'est une bistouquette !

C'est un sadique qui téléphone à une vieille dame :

– Bonjour madame, devinez ce que je tiens dans ma main, ça vous intéresse de savoir ce que j'ai dans ma main ?

– Si ça tient dans une seule main, ça m'intéresse pas !

UN PETIT GARÇON À LA PHARMACIENNE :

– JE VOUDRAIS DES CAPOTES, C'EST POUR MA SOEUR !

– DE QUELLE TAILLE ?

– TOUTES LES TAILLES, ELLE PART EN VACANCES EN AUTO-STOP !

Le cunnilingus est
la preuve vivante
que le latin n'est pas
une langue morte !

Je dis pas que t'es bourré, je dis juste que tu peux pas rentrer chez toi à vélo d'appartement.

Ce soir, avec mon mec, on va essayer de nouvelles positions :

moi assise dans le canapé et lui, debout devant l'évier pour faire la vaisselle.

J'ai visité un asile psychiatrique et j'ai demandé au directeur :

– Comment pouvez-vous déterminer si une personne a besoin d'être internée ?

– Nous remplissons une baignoire avec de l'eau et nous leur offrons une petite cuillère, une tasse ou un seau, en leur demandant de vider la baignoire.

– Je vois… Une personne normale aurait choisi le seau parce qu'il est plus gros, c'est bien cela ?

– Non. Une personne normale retirerait le bouchon de la baignoire… Vous voulez une chambre avec ou sans fenêtre ?

La largeur,
c'est comme
la longueur mais
en plus court.

J'AI FAIT UN TEST DE QI. JE SUIS RASSURÉ : IL EST NÉGATIF !

Une femme à son chien :

– On me dit que tu cours après les gens à vélo…

– C'est des conneries, et d'abord j'ai même pas de vélo.

Dans la radio de bord d'un bateau :

– Bonjour. Je vous demande de bien vouloir vous déporter de 20 degrés à bâbord.

– Ici le capitaine d'un bateau de la marine belge. Nous avons la priorité. C'est donc à vous de vous déporter de 20 degrés à bâbord.

– Vous n'avez aucune priorité sur moi, c'est à vous de vous déporter de 20 degrés à bâbord.

– Ici l'amiral de la marine belge. Nous avons forcément la priorité sur vous ! Veuillez donc vous déporter de 20 degrés à bâbord.

– Enchanté amiral, mais ici, c'est le gardien du phare qui vous parle.

SI LES AMÉRICAINS ONT ÉLU UN CLOWN, NOUS, C'EST TOUT LE CIRQUE !

On a un pic de Covid parce qu'on multiplie les tests, si on fait des tests de QI, on aura un pic d'abrutis !

Dans un bistrot où il faut payer d'avance :

– C'est combien le Coca ?

– 5 €.

– Voilà 5 €.

– Il me faut 10 € : il y a 5 € pour le service.

– Voilà vos 10 €.

Le type lui rend 5 €

– Pourquoi me rendez-vous 5 € ?

– Parce que je n'ai plus de Coca.

Un type à une jolie fille dans la rue :

– Waouh ! Ça te dirait qu'on couche ensemble ?

– Espèce de porc ! En voilà des manières d'aborder une honnête femme mariée, dont le mari est absent toute la semaine et qui habite 30 rue des Capucines au troisième étage à droite !

Quand un couple se surveille, on peut parler de communauté réduite aux aguets.

Le jour
où Microsoft
vendra quelque
chose qui ne se
plante pas, je parie
que ce sera un
clou.

Une femme demande à un type :

– Avec combien de femmes as-tu couché avant moi ?

– Trois, je crois.

– Tiens, j'aurais dit plus !

– C'est vrai, c'est une petite journée aujourd'hui.

Lorsqu'un minable attaque un autre minable, il faut s'attendre à une guerre interminable.

Mieux vaut être une vraie croyante qu'une fausse sceptique.

Je dis pas que t'es alcoolique, je dis juste que si on te fait une prise de sang, on aura l'impression de faire les vendanges !

Des fois, je me dis que le signe
le plus évident d'une intelligence
extraterrestre dans l'Univers est qu'ils
n'ont pas essayé de nous contacter.

LA COP 27 EST UN ENDROIT OÙ DES MECS VIENNENT EN JET PRIVÉ EXPLIQUER AUX GENS QU'ILS DOIVENT FAIRE DU VÉLO !

Y a deux sortes de personnes dans la vie, ceux avec qui t'as envie de boire et ceux à cause de qui tu bois.

Quand un vegan est victime d'un AVC et qu'il devient un légume… c'est comme une consécration !

SI VOTRE DERNIÈRE HEURE A SONNÉ, SURTOUT N'ALLEZ PAS OUVRIR !

Évidemment, je bois de manière responsable !

Je ne renverse jamais une goutte !

Traiter son prochain de con... n'est pas une injure, mais un diagnostic !

Arrêtez de crier « Mort aux cons ! », on n'aura jamais assez de cercueils !

Un gendarme vient d'arrêter un motard :

– Nom, âge, sexe ?

– Jean-Charles, 30 ans, deux fois par semaine.

– Non, je veux dire, homme ou femme ?

– Je prends ce qui vient !

– Descendez de la moto !

LUI :

– C'EST QUAND LA DERNIÈRE FOIS QUE TU AS PRIS TON PIED ?

ELLE :

– HIER, POUR ME COUPER LES ONGLES.

– Je serai ton hier, ton aujourd'hui et ton demain !

Elle :

– Quelle semaine pourrie !

Un homme et une femme arrivent chez le dentiste.

L'homme dit au dentiste :

– Écoutez, je suis vraiment très pressé. J'ai deux amis dans ma voiture qui nous attendent pour aller jouer au golf. Alors vous oubliez l'anesthésie et vous arrachez juste la dent. Nous avons le parcours pour 10 heures et il est 9 h 30, je n'ai pas le temps d'attendre que l'anesthésie fasse effet.

Le dentiste n'en revient pas de voir un homme si courageux et lui demande alors quelle est la dent à arracher.

L'homme se tourne alors vers sa femme et lui dit :

– Vas-y ma chérie, ouvre la bouche et montre au docteur.

Finalement, quand on voit ce qui peut être fait au nom de Dieu, on se demande ce qu'il reste au diable comme activité.

Une femme à son chirurgien esthétique :

– Que pouvez-vous faire pour que je ressemble à Monica Bellucci ?

– Lui casser la gueule.

Certains couples restent ensemble car ils ont des crédits maison et des crédits voiture. Cela s'appelle : « L'amour est dans le prêt. »

J'ai vu un mec déguisé dans la rue. Je lui ai dit :
– Ton costume est à chier.
Il m'a répondu :
– Gendarmerie nationale, veuillez me suivre.

L'avenir appartient à ceux qui seront vivants demain.

Un mec à un copain :

– Je vais te faire un tour de magie, je vais te faire oublier que tu es con !

– Mais... Je ne suis pas con !

– Bah, tu vois, t'as déjà oublié !

Bientôt, le litre d'apéro coûtera moins cher qu'un litre de carburant...

On a donc la réponse à « Boire ou conduire, il faut choisir ».

Je vais plaquer mon boulot et parcourir le monde jusqu'à ce que je n'aie plus d'argent !

Je pense être de retour à la maison ce soir vers 22 heures.

C'est un enfant qui a été frappé par la voisine. La mère, furieuse, va lui demander des explications.

– Pourquoi avez-vous frappé mon fils ?

– Parce qu'il est mal élevé, il m'a traitée de grosse.

– Et vous croyez qu'en le frappant vous allez maigrir ?

Un condamné à mort attend l'heure de l'exécution, lorsque arrive le prêtre :

– Mon fils, je t'apporte la parole de Dieu.

– Vous perdez votre temps, mon père. Dans un petit moment, je vais pouvoir lui parler personnellement. Avez-vous un message pour lui ?

Une blonde qui vient d'être opérée demande au chirurgien :

– Docteur, quand vais-je pouvoir reprendre ma vie sexuelle ?

Étonné, le chirurgien lui répond :

– C'est la première fois, madame, qu'on me pose cette question après une opération des amygdales !

QUAND UNE VOYELLE SUIT UNE CONSONNE, ON FAIT LA LIAISON, SAUF POUR : L'HABIT À PAPA ET L'ACHAT À MAMAN.

Un mari dit à sa femme sur le point d'accoucher :

– Si le bébé te ressemble, ça va être extraordinaire.

La femme répond :

– Si le bébé te ressemble, ce sera un miracle !

Je suis resté amoureux de la même femme pendant quarante-neuf ans. Si mon épouse le savait, elle me tuerait !

Un type fraîchement marié à une femme corse lui dit, tout en lui pointant le doigt à la figure :

– À partir de maintenant, je veux que tu saches que je suis le maître de la maison et ma parole sera la loi ! Je veux que tu me prépares un repas spécial, et quand j'aurai terminé de manger mon repas, je m'attends à un somptueux dessert. Ensuite, après le souper, tu vas me faire couler un bon bain, afin que je puisse me relaxer, et devine un peu qui va me laver, me baigner et m'habiller ?

Et sa femme corse lui répond :

– Les pompes funèbres !

Un médecin à son patient :

– Vous savez que je suis pédiatre ?

– Je sais, mais ma prise de rendez-vous date d'il y a quinze ans !

Une patiente à son médecin :

– J'ai des trous de mémoire, docteur, qu'est-ce que je peux faire ?

– Commencer par me régler d'avance.

Qu'est-ce qu'un bûceron ? C'est un bûcheron sans hache.

Chez le médecin :

– À quelle fréquence consommez-vous de l'alcool ?

– De manière occasionnelle.

– C'est-à-dire ?

– Dès que l'occasion se présente !

– Je veux divorcer de ma femme.

Le juge :

– Pour quelle raison ?

– Elle sort tous les soirs, toutes les nuits, elle va de bar en bar !

– Vous pensez qu'elle est alcoolique ou qu'elle vous trompe ?

– Non, pas du tout, elle me cherche.

Je vis la nuit car on m'a dit que j'allais mourir un jour.

Des parents à la prof de leur fils :

– Nous ne sommes pas contents des résultats de Kevin. Vous êtes sûre d'être une bonne enseignante ?

– Écoutez, vous vous êtes mis à deux pour sortir un abruti pareil, et vous voulez que j'en fasse toute seule un intello ?

LA VOISINE GUEULE TELLEMENT FORT SUR SES GOSSES QUE, MOI AUSSI, J'AI FINI PAR RANGER MA CHAMBRE.

Un journaliste interviewe un couple.
Il s'adresse au mari :
– Croyez-vous être dominé par votre femme ?
La femme déclare :
– Non, il ne croit pas.

J'ai connu un cochon qui voulait changer de sexe.
Il s'appelait Henri, il a fini Henriette... (en rillettes).

La policière :
– Après 18 heures, c'est 135 €.
Le mec :
– OK, monte !

Poutine, en visite dans une école, demande aux élèves de lui poser des questions.

Igor lève la main :

– J'ai deux questions, Monsieur le Président. La première, pourquoi la Russie a-t-elle envahi la Crimée, et la deuxième, pourquoi la Russie a-t-elle envahi l'Ukraine ?

À ce moment, l'heure de la récréation sonne.

À la reprise des cours, Poutine demande qu'on lui pose une autre question.

Un autre élève lève la main et déclare :

– Monsieur le Président, j'ai quatre questions :

Pourquoi la Russie a-t-elle envahi la Crimée ?

Pourquoi la Russie a-t-elle envahi l'Ukraine ?

Pourquoi l'heure de la récré a-t-elle sonné 20 minutes avant l'heure ?

Et, dernière question : où est passé Igor ?

Une femme au pharmacien :

– Je voudrais une boîte d'arsenic, s'il vous plaît.

– Mais, madame, on ne vend pas de l'arsenic comme ça, c'est un produit extrêmement dangereux ! Et d'abord, que voulez-vous faire avec ?

– C'est pour tuer mon mari !

– Mais madame, c'est impossible ! Je ne peux pas vous vendre ce produit, surtout pour cette raison !

La femme sort une photo où l'on voit son mari à poil avec la femme du pharmacien.

Celui-ci déclare :

– Ah, si vous avez une ordonnance, cela change tout.

BOEING CESSE SON PARTENARIAT AVEC LEGO POUR LA CONSTRUCTION DE SES 737.

Elle :

– J'aimerais qu'on se marie et qu'on soit heureux !

Lui :

– Faut choisir, c'est l'un ou l'autre...

Un garçon a tué ses parents un samedi matin, pour pouvoir aller le soir au bal des orphelins.

Avant de commencer à faire éclater le papier à bulles, souviens-toi que l'air vient de Chine...

Elle : T'habitais dans la Mayenne ?

Lui : Euh oui, environ 15 centimètres.

Un homme dit à son épouse :

– Chérie, tu sais pas ce que raconte le fils du concierge ? Ce petit con prétend avoir sauté toutes les femmes de l'immeuble, sauf une !

L'épouse lui répond :

– Ça ne m'étonnerait pas que ce soit la pimbêche du quatrième...